美绘经典藏书

成语故事

延边教育出版社

读古代典籍·承传统文化

诵国学经典·继往圣绝学

国学：我国传统的学术文化，包括哲学、历史学、考古学、文学、语言学等。

经典：传统的具有权威性的著作。

中国的传统文化：中华文明的结晶，以儒家为内核，还包括其他文化形态。

如大浪淘沙般经过千百年时光的冲刷，真正的国学经典才能沉淀下来，为我们今天所了解。

时代不断的变化，国学经典的解读也与时俱进，挑选一本真正适合你的读本，它会成为你一辈子的良师益友。

诵读国学，增长知识；
学习国学，帮助成长；
了解国学，收获智慧；
继承国学，创造辉煌。

我 叫:＿＿＿＿＿＿＿＿＿＿　今 年＿＿＿＿＿＿＿＿＿岁
我 家 在＿＿＿＿省＿＿＿＿市/县＿＿＿＿＿＿＿＿＿
我的爸爸叫:＿＿＿＿＿＿　妈妈叫:＿＿＿＿＿＿＿＿
我是＿＿年＿月＿日开始读《成语故事》的，一共读了＿＿天。

一、人属于自然的一部分

教育的本质就是传承文化,完善人格,增加智慧,让人最大限度地发挥自己的才能,做真正意义上的人,而不是成为某种工具。让每个人有所成就,不断完善自己,这就是自由最真切的含义。只有教育变得更加多样化,孩子的学习空间才会变得丰富多彩。

从古至今,穷人想要改变自己悲苦的命运,就要用功读书,富人想要继续发扬自己的家族,也离不开教育。教育对于人类的发展、社会的前进是至关重要的。而对于孩子来说,最好的教育是适性的教育,即符合人的本性的教育。

家长们应知道,对于每个孩子的一生来说,学校的考试成绩并不重要,重要的是要通过教育培养他学习的兴趣以及思考和解决问题的能力。古语说"三岁定一生",儿童心理学家研究发现,0-13岁是孩子们记忆力最佳的时侯。这个时期,他们吸收能力像海绵一样强大。给他经典,他就会吸收于内心深处,随着年龄的增长,经典之精髓就会在他身上慢慢发酵,从此,"与经典同行,与圣人为伍"将贯穿于他生命的始终。

《礼记·经解》:"孔子曰,入其国,其教可知也。其为人也,温柔敦厚,诗教也。"一个国家的长治久安,一个民族的绵延不衰,关系在于人心之邪正清浊;欲使人心清正,则必须奠立在教育的基础上;教育的成败,直接影响着国民的品行,是国家兴衰的征兆。

和谐社会也提到"和而不同",每个人都是独立的个体。要按照个人的自由发展,才能更全面地完善这个人,才能使人对这个多元化的和谐社会有所贡献。

二、道德是生命之本

很多家长都认为孩子只要好好读书,考上大学就能成为栋梁之材,有份好的工作,生活有了保障,人生就会更加美好。这样的愿望是好的,但并不全面。就好比盖楼,如果根基不稳,即使拥有再华丽堂皇的外表,这个楼早晚会坍塌。专业知识只是立足于社会的一个充分条件,而人格、德行却是做人的必要条件,是为人最内在的品质。"人的性格即他的命运",小胜靠智,大胜靠德。只有具备人才、人格、人文的人,才是完整的人,才有精彩的人生。

17世纪大教育家夸美纽斯强调对儿童道德进行培养。福禄贝尔也提出"教育的目的在于唤醒人的内在精神本性"。他认为,人同自然界万物一样,是在发展中表现其内在的精神本性。这样不仅仅使人类了解自己,同时也培养受教育者形成有胆识、有智慧的个性,使其具有和谐统一的人格。由此可以看出,教育就应该以道德来提高人的生命质量。

三、文化是成长的摇篮

中国传统文化是齐鲁文化、荆楚文化、吴越文化、巴蜀文化等地域文化,儒、道、法、墨等学派文化,百川归海,相互触摄,绵延至今的历史产物。她经过先秦时候的百家争鸣及以后兴衰迭变的历史选择,形成了儒道互补的思想文化主流。国学乃传统之学、礼仪之学、文化之学,是佛教思想交合融化构成的中华思想文化。

五千年源远流长的历史文化是精神价值的源泉,观今宜鉴古,无古不成今。作为一个人,就应该了解国家的历史文化,了解自己由何而来,了解自己生存的意义。如此璀璨的华夏文明,有着深厚的历史积淀,作为炎黄子孙的我们,就在这伟大的文化摇篮中成长,就应该让这些国学经典之作代代相传。

四、把握时机,塑造儿童

蒙台梭利认为6岁之前的儿童本身具有一种吸收知识的自然能力,即所谓的"吸收的心智"。借助于这种能力,儿童能通过与周围环境的密切接触和情感联系,于下意识、不自觉中获得各种印象和文化,从而塑造自己,形成个性和一定的行为模式。因此,作为家长和教师,就应该把握好这个阶段,给孩子选取对他终身有价值的、最适性的、原创性的经典作品。经典虽不流行,但永远不会过时。每种语言现象的背后都蕴含着深刻的哲理,而经典古籍则是这个世界的思想的根基。

让孩子读什么书,他就会产生什么样的思想,有什么样的观念和行动。所有的孩子天生都是一张白纸,都可以经过后天的塑造而成为有所作为的成功人士。《三字经》中"昔孟母,择邻处,子不学,断机杼","窦燕山,有义方,教五子,名俱扬"。这些都是强调从小在孩子纯净的心里播下能生根发芽的智慧种子,让他们受经典文化的熏陶,与圣人的思想相融合,受圣人的教诲。

在幼儿的启蒙阶段,对其进行伦理道德说教,一直是蒙学教材的中心内容,其本意旨在敦人伦,美教化,淳风俗,让儿童从小在一个很高的思维方式中思考问题,在一个很高的精神境界中判断是非成败、得失取舍,让他站在文化巨人的肩膀,展开自己缤纷多姿的人生。

五、蒙学——演绎经典人生

"蒙学教育"就是中国古代教育中的基础教育,也称为"蒙养教育",是取"蒙以养正"之意,就是强调用正确的教育启迪儿童的智慧和心灵,使儿童能够健康成长。中国古代把教育分为"大学"和"小学"两个相互联系的阶段。"小学"阶段就是我们所说的蒙养教育阶段。专指七八岁至十五六岁之间的儿童教育阶段。

中国自古重视蒙学教育,最早可以追溯到夏商周以前,在传说中的三皇五帝时期,我们的祖先就明白教育的重要性。古代教育家元许衡的《小学大义》云:"当其幼时,如不克习之于小学,则无以收其放心,养其德性。"明代沈鲤《义学约》云:"蒙养极大事,亦最难事。盖终身事业此为根本。"等等,都把蒙学教育放到很重要的地位上。

《成语故事》序言

蒙学教育注重伦理道德知识的传授,也特别注重别尊卑、序长幼的教育;还有教人待人接物之道、处世应对之学。人活在这个社会,所要面对的首要问题除吃饭穿衣之外,就是如何认识纷繁复杂的人际关系,如何应对交往。读《三字经》以习见闻,《百家姓》以便日用,《增广贤文》以为人处世之道,《千字文》亦有义理。通过学习蒙学书,孩子初步训练了读写能力,开阔了视野,因阅读而成长,因阅读而净化灵魂,提升人格。

六、开启智慧之门

夸美纽斯强调幼儿要进行智力的培养。他风趣地说过,智慧的右手握着永恒与幸福,左手握着财富和荣誉,但必须通过勤奋、努力和学习来取得。因此,夸美纽斯认为,父母的明智不仅在于使儿童健康地生活,而且也要尽力做到使他们的头脑充满智慧,这样孩子才能成为一个真正幸福的人。父母应该尽最大努力去启发儿童养成学习的习惯,并对他们进行初步的智力教育。

在1920年,印度的东北部发现了两个狼孩。一个8岁,一个2岁,他们因为从小和狼在一起,生活习性完全与狼一样,两手不会抓东西,声带已发生变化,不会讲话,不会站立行走,只会爬行。其中那个8岁的狼孩活到了17岁,但虽经过了9年人类文明的教导,仍然无法改变其生活习性,成为真正的人。这让我们更加明白环境的影响远比遗传重要。对个人而言,一定要有个良好的生长环境,否则,人的基本能力就会消失,也意味着永远失去了人类的智慧。

由上述可见,在孩童时代开发人类的智慧尤关重要。《三字经》、《千字文》、《弟子规》等蒙学教材蕴含了诸多精华和哲学思想,其中文字编排成整齐押韵的词组或短句,并把故事编排在其中,易于少儿记忆和学习,提高儿童的语言能力和记忆能力。传统蒙学开发儿童智力最高明之处在于它独一无二的训诂学,它能提高人的智商,让人们掌握的语言文字准确、丰富,使人们的逻辑思维能复杂、丰满、迅速,开启人类智慧之门,让人生精彩辉煌。

七、父母陪伴,充实童年

培根说:"知识就是力量",在知识经济时代,这句话显得格外贴切而重要。知识由学习而来,而阅读是人类最主要的学习活动。孩子从呱呱坠地到长大成人,最先接触的就是整个家庭,是他的父母亲人。要想让孩子受到良好的教育,形成更全面的人格,首先就是家长能给孩子创造一个学习的氛围,培养孩子读书的兴趣。

家长不要将自己的想法或期望强加给孩子,对孩子的教育要有耐心,陪他们共同阅读、亲自示范,在亲子共读的过程中体味亲子之间深深的爱意,浓浓的亲情。让读书成为家庭的一种生活方式,在这个过程中培养孩子阅读、主动学习的习惯,从而使亲子共读成为孩子未来学习与发展的"源头活水"。

人的一生中大脑生长最迅速的时期是0-6岁,这是幼儿学习阅读最佳时期,很多家长容易忽视这个阶段。在孩子刚开始学习阅读时,是一种新鲜感,但时间长了就会感到很厌烦,因此,家长要引起他学习的兴趣和光荣感,进行适当的表扬和奖励。教育孩子的内容越经典越好,父母也要做到循循善诱。

儿童像一面镜子,照出人类光明的未来,让家长和孩子大手牵小手。营造书香家庭氛围,让孩子在父母的陪伴下，拥有一个充实幸福的童年。

八、中华精髓，融入生活

中华文化，历久弥新，在于孔子教人凡事要"志於道，据於德，依於人，游於艺"。古人的心性修养，文事武备都秉承着"文以载道"的原则，这是固有文化中的传统美德。诸如《千字文》、《三字经》、《增广贤文》等蒙学经典不是能背就行，也要将其落实于生活，将智慧灌注于整个人生。

"教育为人生"，一种教育如果脱离了生活、学习、工作，那就毫无意义，其实也就不是教育了。现实生活中许多学生虽然书读得不错，但与人相处的能力非常差，难以面对挫折，胆小懦弱，心胸狭隘，使得所学的知识与生活脱轨。作为家长和老师都应在日常生活中落实经典，在孩子小的时候让他受到蒙学精髓的影响，使其言行规范，通晓事理，做力所能及之事，勇于承担责任。一个文化的流传并不表现在这一文化遗留的典籍文字中，而应让该文化典籍中的精神融入人们的所言所行之中。教育不是孤立的，家长与教师要在理念上达成共识，在教育上紧密结合，督促孩子主动学习经典文化之作，熟读成诵，因为"读书百遍，其义自见"。要让孩子牢记"三人行，必有我师"，一定会谦虚恭敬，常记"天将降大任于斯人也，必先苦其心志……"定不会面对挫折而怨天尤人，一蹶不振。

蒙学之所以为启蒙之学，是因为它涵盖内容广、涉及范围多。读蒙学，你可明白人伦关系，知道孝顺父母、友爱兄弟、尊敬师长、关怀他人，也会养成宽厚待人的心性，晓得见贤思齐、知恩报恩的道理。当一个人懂得如此之多的道理时，他的生活定将充满希望，前途也会无可限量。

九、做少年君子，振兴伟大中华

孩子是父母的希望，是祖国的栋梁，是社会发展的推动者。读蒙学经典，是要让孩子从生活中点滴做起：

品《三字经》，秉修身之道；学《弟子规》，取典籍精华；
读《百家姓》，晓百家姓氏；诵《唐诗》，融诗情诗境；
习《增广贤文》，增贤识博学；念《二十四孝》，懂孝道感恩。

在巨轮旋飞的时代，在知识能力竞争的社会，一定要了解自己的根，自己的魂，找到自己的立足点，从小培养远大志向，立志做少年君子，弘扬经典文化，演绎璀璨人生！

我们都希望有更多的中国儿童加入到诵读蒙学经典的行列中，不断完善自己的人格，丰富自己的人生，愿所有的少年君子携手共创祖国美好的明天！

品蒙学精髓

中华民族自古以来就有重视蒙学教育的传统。中国蒙学教材的历史悠久，种类繁多，有很多蒙学著作在我国古代启蒙教育中曾赢得很大成功，每本蒙学著作都有其文化精髓和深远的影响。

《三字经》

《三字经》自南宋以来，已有七百多年历史，共一千多字，三字一句，短小精悍、朗朗上口，极易成诵，千百年来，家喻户晓。其内容涵盖了历史、天文、地理、道德以及一些民间传说，其独特的思想价值和文化魅力为人们所公认，被历代人们奉为经典而不断流传。

《三字经》早就不仅仅属于汉民族了，它有满文、蒙文译本。《三字经》也不再仅仅属于中国，它的英文、法文译本也已经问世。1990年新加坡出版的英文新译本更是被联合国教科文组织选入"儿童道德丛书"，加以世界范围的推广，也是儿童的必背读物。

《三字经》是中国古代历史文化的宝贵遗产，作为中华民族的子孙，让孩子从幼儿时期学习中国传统文化，做一个有志向有理想的人。

《弟子规》

《弟子规》原名《训蒙文》，原作者李毓秀（公元1662年—1722年）是清朝康熙年间的秀才。以《论语·学而篇》中的"弟子入则孝，出则弟，谨而信，泛爱众，而亲仁，行有余力，则以学文"为中心，分为五个部分，具体列述弟子在家、出外、待人、接物与学习上应该恪守的守则规范。后来清朝贾存仁修订改编《训蒙文》，并改名《弟子规》，是启蒙养正，教育子弟敦伦尽份、防邪存诚，养成忠厚家风的最佳读物。

《弟子规》共360句（1080字），概述简介，以精练的语言对儿童进行早期启蒙教育，灌输儒家文化的精髓。《弟子规》这本书，影响之大，读诵之广，是每个人，每一个学习圣贤经典，效仿圣贤的人都应该学的。

《千字文》

《千字文》乃四言长诗，首尾连贯，音韵谐美。以"天地玄黄，宇宙洪荒"开头，"谓悟助者，焉哉手也"结尾。全文共250句，每四字一句，字不重复，句句押韵，前后贯通，内容有条不紊的介绍了天文、自然、修身养性、人伦道德、地理、历史、农耕、祭祀、园艺、饮食起居等各个方面。

《千字文》既是一部流传广泛的童蒙读物，也是中国传统文化的一个组成部分。《千字文》是中国古代教育史上最早最成功的启蒙教材，文中优美的语句、华丽的辞藻，都适合儿童诵读与学习。

《百家姓》

《百家姓》是北宋初年钱塘杭州的一个书生所编,将常见的姓氏变成四字一句的韵文,像一首四言诗,便于诵读和记忆。本书以"百家"为名,原来收集了411个姓,后经增补到504个姓,其中单姓444个,复姓60个。

《百家姓》采用四言体例,句句押韵,该书颇具实用性,熟悉它,于古于今都是有裨益的。它在历史的衍化中,为人们寻找宗脉根源,帮助人们认识传统的血亲情结,提供了经典的文化范本。《百家姓》是中国独有的文化现象,流传至今,影响极深。它所辑录的几个姓氏,体现了中国人对宗脉与血缘的强烈认同感。2009年,《百家姓》被中国世界纪录协会收录为中国最早的姓氏书。

让孩子背诵《百家姓》,了解自己的根源,对于每个中国人都有着重要的意义,与此同时,也启示着孩子人生的意义和活着的价值。

《增广贤文》

《增广贤文》为中国古代儿童启蒙书目。又名《昔时贤文》、《古今贤文》。书名最早见之于明代万历年间的戏曲《牡丹亭》,后经过明、清两代文人的不断增补,才改成现在这个模样,称《增广昔时贤文》,通称《增广贤文》。《增广》绝大多数句子都来自经史子集,诗词曲赋、戏剧小说以及文人杂记,其思想观念都直接或间接地来自儒释道各家经典。

《增广贤文》的内容大致有这样四个方面,一是谈人及人际关系,二是谈命运,三是谈如何处世,四是表达对读书的看法。《增广贤文》以有韵的谚语和文献佳句选编而成,其内容十分广泛,从礼仪道德、典章制度到风物典故、天文地理,几乎无所不含,而又语句通顺,易懂。

熟读《增广贤文》,让孩子从小就慢慢渗透人生哲学、处世之道;让孩子了解中华民族千百年来形成的勤劳朴实、吃苦耐劳的优良传统,这都成为他成长路上宝贵的精神财富。

《唐诗》

唐诗泛指创作于唐代的诗。唐代被视为中国各朝代旧诗最丰富的朝代,因此有唐诗、宋词之说。唐代(公元618-907年)是我国古典诗歌发展的全盛时期。唐诗是我国优秀的文学遗产之一,也是全世界文学宝库中的一颗灿烂的明珠。

唐诗的题材非常广泛。有的从侧面反映当时社会的阶级状况和阶级矛盾,揭露了封建社会的黑暗;有的歌颂正义战争,抒发爱国思想;有的描绘祖国河山的秀丽多娇;有的抒写个人抱负和遭遇;有的表达儿女爱慕之情;有的诉说朋友交情、人生悲欢等等。

在朗朗上口的诗句中,孩子可以开拓视野、提升文学素养,也会对我国古典诗歌有更进一步的了解。唐诗的形式和风格丰富多彩、推陈出新,能让孩子思维活跃,并且对唐诗的赏析也是一种美的享受。

《成语故事》

中华民族拥有五千年的文明,博大精深,源远流长。在悠久的历史变迁和发展过程中,劳动人民不断创造出异彩纷呈的文化和艺术。成语,无疑是光彩夺目的文化宝库中一颗璀璨亮丽的珍珠。

成语是历史的积淀，每一个成语的背后都有一个含义深远的故事。经过时间的打磨，千万人的口口相传，每一句成语就越深刻隽永、言简意赅。在启蒙时期让儿童阅读成语故事，可以了解历史、通达事理、学习知识、积累优美的语言素材。成语故事以深刻形象的故事典故为孩子讲述一些道理，学习成语是青少年学习中国文化的必经之路。

《二十四孝》

《二十四孝》全名《全相二十四孝诗选》，是元代郭居敬编录，由历代二十四个孝子从不同角度、不同环境、不同遭遇行孝的故事集而成。《二十四孝》的故事大都取材于西汉经学家刘向编辑的《孝子传》，也有一些故事取材《艺文类聚》、《太平御览》等书籍。"孝"是中国古代重要的伦理思想之一，元代郭居敬辑录古代24个孝子的故事，编成《二十四孝》，序而诗之，用训童蒙，成为宣传孝道的通俗读物。

如《孝感动天》、《芦衣顺母》、《卖身葬父》、《弃官寻母》这些故事都为人们所熟知，都可以让孩子从小知道尊重长辈、孝敬父母是做人的根本，从此为他们塑造良好的人格。

《笠翁对韵》

《笠翁对韵》作者李渔，号笠翁，他是仿照《声律启蒙》写的此书，旨在作诗的韵书，因此叫《笠翁对韵》。李渔是清代著名的诗人、戏剧家，他按30个平声韵，用这个韵部的字组成了像诗一样的对句。

读《笠翁对韵》可以丰富儿童的历史知识、让孩子了解更多的神话、名人故事。书中的对子有如猜谜，反映了一个人思维的灵敏，对孩子的智力开发也大有益处。

《论语》

《论语》是儒家学派的经典著作之一，由孔子的弟子及其再传弟子编撰而成。它以语录体和对话文体为主，记录了孔子及其弟子言行，集中体现了孔子的政治主张、论理思想、道德观念及教育原则等。《论语》中所记孔子循循善诱的教诲之言，或简单应答，点到即止；或启发论辩，侃侃而谈；富于变化，娓娓动人。

《论语》还成功地刻画了一些孔门弟子的形象。如子路的率直鲁莽、颜回的温雅贤良、子贡的聪颖善辩、曾皙的潇洒脱俗等等，都称得上个性鲜明，能给人留下深刻印象。孔子因材施教，对于不同的对象，考虑其不同的素质、优点和缺点、进德修业的具体情况，给予不同的教诲。表现了诲人不倦的可贵精神。

《论语》中富有哲理的名句箴言、人生精论都会在孩子的人生中有着潜移默化的影响，让孩子的言行在不知不觉中得到规范。

作为有志气的中国人，让我们携起手，点燃蒙学之火，把祖国的悠久文化之精髓代代相传。

目 录

八仙过海

有一次，传说中的八位神仙去参加王母娘娘的蟠桃会。他们来到波涛汹涌的大海边，打算乘着自己的宝物过海。

于是，铁拐李把拐杖投进水中，韩湘子投入一只花篮，吕洞宾投入一支箫，蓝采和投入拍板，汉钟离投入芭蕉扇，张果老投入纸驴，曹国舅投入玉板，何仙姑投入荷花。他们站在各自的宝物上，顺利地渡过了大海。

喻义 现多比喻各拿出自己的本领和办法互相竞赛。

百发百中

战国时，楚国有个神射手叫养由基。他曾经只用一支箭便替楚国的君王楚共王报了仇。

一天，有个叫潘党的人来向养由基挑战，他连续几次射中靶心。养由基拿起弓连发三箭，箭箭都射在百步之外的柳树叶子正中。潘党见了目瞪口呆，立即认输了。

喻义 比喻预事准确，算计高明或做事有充分把握，绝不落空。

班门弄斧

明朝时，有个叫梅之焕的文人来到采石矶，发现唐朝大诗人李白的墓前被人题满了诗句，但没有一句写得好。于是，他也就地写了一首诗：采石江边一堆土，李白之名高千古。来来往往一首诗，鲁班门前弄大斧。他以此讽刺那些题诗的人。

喻义 比喻在行家面前卖弄本领，有讽刺意。

大材小用

南宋爱国词人辛弃疾一生力主抗金，但因受投降派排挤而退隐山林，直到他六十多岁的时候，才被朝廷重新起用，召至临安。临行前，他的好朋友陆游写了诗送给他。诗中称他是当宰相的料，现在实在是大材小用。

 比喻很有才能的人屈就于低下的职位，不能充分发挥其能力。也比喻用人不当，浪费人才。

道听途说

春秋时，有个人叫艾子。一次，他在回齐国的路上，碰到爱说空话的毛空。毛空对艾子说："有人养了一只一次能生一百只蛋的鸭子。"艾子不信，毛空忙改口说："可能是两只鸭子……"最后，毛空把鸭子增加到了十只。艾子只是笑笑。后来艾子问他鸭子是谁家的，毛空支支吾吾，只好说那只是自己道听途说而已。

多指没有根据的传闻。

15

德高望重

富弼是北宋名臣，他为人谦和有礼，无论下属官员或平民百姓前来拜见，他都以平等之礼相待。富弼年老退休后长期隐居洛阳。一天，他乘小轿外出，经过天津桥时被市民发现，大家纷纷跟随观看，使一个热闹的集市顷刻之间变得空无一人。司马光曾称颂他说："三世辅臣，德高望重。"

喻义　形容品德高尚，威望很大。

东施效颦

chūn qiū shí yǒu gè měi nǚ míng jiào xī shī　bù jǐn zhǎng de měi　ér qiě qín láo shàn liáng
春秋时有个美女名叫西施，不仅长得美，而且勤劳善良。

xī shī jīng cháng xīn kǒu téng　měi cì téng shí tā dōu yòng shǒu àn zhù xiōng kǒu　jǐn zhòu méi
西施经常心口疼，每次疼时她都用手按住胸口，紧皱眉

tóu　rén men dōu shuō xī shī zhòu méi de yàng zi yě hěn hǎo kàn　yǒu gè zhǎng de hěn chǒu de gū
头。人们都说西施皱眉的样子也很好看。有个长得很丑的姑

niang míng jiào dōng shī　tā jiàn dà jiā zǒng kuā xī shī zhǎng de měi　jiù xué xī shī zhòu méi de yàng
娘名叫东施。她见大家总夸西施长得美，就学西施皱眉的样

zi　yǐ wéi zhè yàng jiù měi le　shéi zhī　dà jiā kàn dào tā jiǎo róu zào zuò de mú yàng　gèng jiā
子，以为这样就美了。谁知，大家看到她矫揉造作的模样，更加

tǎo yàn tā le
讨厌她了。

 不根据自身条件，生硬模仿别人，最后适得其反。

对牛弹琴

gōng míng yí shì gǔ dài yǒu míng de yīn yuè jiā　yí cì　gōng míng yí chū wài yóu wán　tā
公明仪是古代有名的音乐家。一次，公明仪出外游玩。他

zuò zài niú de páng biān　huǎn huǎn de tán qǐ qín lái　tán le yí huì er　tā tái tóu kàn kan niú
坐在牛的旁边，缓缓地弹起琴来。弹了一会儿，他抬头看看牛，

jiàn tā zhǐ guǎn dī tóu chī cǎo　fǎng fú méi tīng jiàn shì de　tā ào sàng de zhàn qi lai　dǎ suàn
见它只管低头吃草，仿佛没听见似的。他懊丧地站起来，打算

huí qù le　shéi zhī　tā wú yì jiān pèng dào le yì gēn qín xián　fā chū le yǒu diǎn xiàng xiǎo niú
回去了。谁知，他无意间碰到了一根琴弦，发出了有点像小牛

mōu mōu　jiào de shēng yīn　nà niú lì jí tíng zhǐ le chī cǎo　gōng míng yí jiàn le　shuō dào
"哞哞"叫的声音。那牛立即停止了吃草。公明仪见了，说道：

duì yú niú lái shuō　tóng lèi de jiào shēng jiù shì zuì hǎo de yīn yuè
"对于牛来说，同类的叫声就是最好的音乐。"

 比喻说话不分对象，对不懂的外行人说内行话。也讥笑听话的人没有内涵，听不明白。

对症下药

东汉末年，有一位杰出的医学家叫华佗，他的医术非常高明。有两个病人，都得了头痛发热病，找过很多医生也没治好，于是来找华佗。华佗经过诊断，给他们各开了一个药方。他们俩一看，心里就嘀咕起来："都是一样的病，怎么用药完全不同呀？"华佗说："你们症状相同，可是得病的原因却不同。病因不同，当然用药就不同。"两人听了，便放心服药，病果然很快就好了。

喻义　比喻根据具体问题，确定解决问题的办法。

改过自新

汉朝时，有个叫淳于意的人，因为不尽心为人治病而被官府抓了起来，押解长安。

他的女儿决定去救父亲。她写了封奏疏给汉文帝，书中说："我宁愿进官府当奴婢，替父亲赎罪。每个人都有过错，请给父亲一个改过自新的机会。"汉文帝被她的一片孝心所感动，就下令赦免了淳于意。

> **喻义** 改正错误，重新做人。

高枕无忧

战国时，齐国的孟尝君家里有个门客叫冯谖。一次，孟尝君叫他去薛地收租。他到了薛地之后，当着农户的面把交租的契约烧了。虽空手而归，但那里的百姓对孟尝君却非常感激。不久，孟尝君被齐王免职，回到了薛地。这时，冯谖又去梁国，劝梁惠王用重金聘请孟尝君担任相国。冯谖对孟尝君说："你现在可以高枕无忧了。"

> **喻义** 形容无忧无虑。

害群之马

chuán shuō huáng dì dào jù cí shān qù zhǎo míng jiào dà kuí de rén què zài xiāng chéng mí le
传说黄帝到具茨山去找名叫大隗的人,却在襄城迷了

lù tā yù jiàn yí gè zhèng zài fàng mǎ de mù tóng biàn wèn dào nǐ zhī dào dà kuí zhù zài shén
路。他遇见一个正在放马的牧童,便问道:"你知道大隗住在什

me dì fang ma nán hái er shuō zhī dào huáng dì tīng le hěn gāo xìng shuō nà me nǐ zhī dào
么地方吗?"男孩儿说知道。黄帝听了很高兴,说:"那么你知道

rú hé zhì lǐ tiān xià ma nán hái er huí dá shuō zhì lǐ tiān xià bú guò shì bǎ wēi hài mǎ qún
如何治理天下吗?"男孩儿回答说:"治理天下不过是把危害马群

de huài mǎ qū zhú chu qu bà le huáng dì duì zhè gè mù mǎ tóng de huí dá fēi cháng mǎn yì
的坏马驱逐出去罢了!"黄帝对这个牧马童的回答非常满意,

lián lián zàn xǔ
连连赞许。

喻义 比喻危害社会或集体的坏人。

后顾之忧

北魏有个著名的宰相李冲，他办事认真公正，深得孝文帝的信赖。一次，他得了急病，十多天后，暴病而死。孝文帝当时正领兵南征，听到噩耗，急忙赶回京城。他路过李冲的坟墓时说："我交给李冲的国家大事，他全都能一一办得很好。我每次出征在外，都没有后顾之忧。不料他竟暴病身亡，我真是很伤心啊！"

喻义 形容在前进或外出过程中，对后方或本单位有顾虑的事。

囫囵吞枣

古时候，有个人向一位老医生请教吃什么水果对身体最有益。老医生对他说："水果各有各的特性，但吃多了，也会带来害处。"这个人说："我有办法一举两得，那就是不同的水果用不同的方法去吃。比如吃枣子，可以整个儿吞下去。"

老医生听了，忍不住笑道："你那样囫囵吞枣，也没尝到什么滋味啊！"

喻义 比喻食而不化，不求甚解。

狐假虎威

yǒu zhī lǎo hǔ dǎi zhù le yì zhī hú li   jiù yào bǎ tā chī diào   kě hú li chēng zì jǐ
有只老虎逮住了一只狐狸，就要把他吃掉。可狐狸称自己

shì tiān dì pài lái de shòu wáng   bù néng chī lǎo hǔ bù xiāng xìn   hú li yòu shuō   nǐ yào shi
是天帝派来的兽王，不能吃。老虎不相信，狐狸又说："你要是

bù xiāng xìn   jiù gēn zài wǒ hòu miàn   zán men dào sēn lín li zǒu yí tàng
不相信，就跟在我后面，咱们到森林里走一趟。"

tā men lái dào sēn lín   xiǎo dòng wù men kàn dào lǎo hǔ dōu xià de sì chù táo cuàn   hú li
他们来到森林，小动物们看到老虎都吓得四处逃窜。狐狸

zhàng zhe lǎo hǔ de wēi yán shuǎ zú le wēi fēng
仗着老虎的威严耍足了威风。

比喻仰仗别人的威严或倚仗别人势力来欺压人。

华而不实

晋国有个叫阳处父的大臣，长得相貌堂堂。一次，他住在一家客店里，这家店的店主姓嬴，他见阳处父仪表不俗，就想投奔他。第二天，店主就跟他走了。可是，几天后，店主突然又回到了家中，说："通过这几天的接触，我发现他思想偏激，而且华而不实，这样的人容易和别人结怨，不会有好下场。"后来，阳处父果然被人杀死了。

 比喻外表好看，没有内容。

画龙点睛

有位著名的大画家名叫张僧繇。有一次，他在墙上画了四条龙，画得惟妙惟肖，只是四条龙都没有画眼睛。张僧繇说："如果画上眼睛，它们就会飞走的。"人们不信。

张僧繇给画上的龙轻轻地点上眼睛。在点完第二条龙的眼睛时，两条龙便从墙壁上腾空而起，一会儿就不知去向了。所有目睹张僧繇画龙点睛的人都不由得啧啧称奇。

 比喻写作或说话时在关键处用精辟的词句点明要旨，也比喻处事在紧要处下气力。

画蛇添足

《成语故事》简体全文拼音导读

cóng qián chǔ guó yǒu gè guì zú jì guo zǔ zong yǐ hòu shǎng gěi mén kè yì hú jiǔ mén
从前，楚国有个贵族，祭过祖宗以后，赏给门客一壶酒。门

kè men shāng liang shuō zhè yàng ba wǒ men gè zì zài dì shang huà tiáo shé shéi xiān huà hǎo shéi
客们商量说："这样吧，我们各自在地上画条蛇，谁先画好，谁

jiù hē zhè hú jiǔ qí zhōng yǒu yí gè rén zuì xiān bǎ shé huà hǎo le fā xiàn bié rén hái zài mái
就喝这壶酒。"其中有一个人最先把蛇画好了，发现别人还在埋

tóu huà zhe yú shì biàn jì xù huà shé shuō wǒ hái néng gěi tā tiān shàng jiǎo ne kě shì méi
头画着，于是便继续画蛇，说："我还能给它添上脚呢！"可是没

děng tā bǎ shé jiǎo huà wán lìng yí gè rén yǐ bǎ shé huà chéng le nà rén bǎ jiǔ hú qiǎng le guò
等他把蛇脚画完，另一个人已把蛇画成了。那人把酒壶抢了过

qù shuō shé běn lái shì méi yǒu jiǎo de nín zěn me néng gěi tā tiān shàng jiǎo ne shuō bà
去，说："蛇本来是没有脚的，您怎么能给它添上脚呢！"说罢，

biàn bǎ hú zhōng de jiǔ hē le xià qù
便把壶中的酒喝了下去。

喻义 比喻多此一举，把已经很好的事情弄糟。

见利忘义

刘邦死后，吕后专权，让吕家的人执掌各大部门的实权。吕后死后，跟随刘邦的一班旧臣周勃、陈平等人设计诛灭诸吕，使刘氏势力重新执掌朝廷大权。

他们重金收买上将军吕禄的朋友郦寄，让他去引吕禄出北军，周勃趁机把兵权抓在手中，然后除掉了诸吕。通过这件事当时有人说郦寄是个见利忘义的小人。

喻义 看到有利可图就忘掉了道义。

骄兵必败

西汉时，匈奴单于发兵攻打车师国。驻扎在渠犁城的郑吉率兵前去迎战，但是反被匈奴的军队围困。汉宣帝接到郑吉的告急信后，立即召集朝臣商议此事。丞相魏相认为如果倚仗国家大去攻打匈奴，对外炫耀武力，那就是骄兵，兵骄了就要失败。汉宣帝采纳了魏相的建议，只让西北的驻军帮助郑吉撤回到渠犁，把车师国让给了匈奴人。

喻义 骄傲的军队必定打败仗。

脚踏实地

《成语故事》简体全文 拼音导读

běi sòng shǐ xué jiā sī mǎ guāng zhì xué shí fēn yán jǐn　wèi biān zhuàn　zī zhì tōng jiàn　tā
北宋史学家司马光治学十分严谨。为编撰《资治通鉴》，他

měi tiān tiān bú liàng jiù qǐ chuáng　yì zhí xiě dào bàn yè　zhè bù jù zhù quán bù yòng zhèng kǎi xiě
每天天不亮就起床，一直写到半夜。这部巨著全部用正楷写

chéng　méi yǒu yí zì cǎo xiě　zhè zhǒng rèn zhēn de zhì xué tài du shòu dào le rén men de zàn yáng
成，没有一字草写。这种认真的治学态度受到了人们的赞扬，

tā de péng you píng jià tā shuō　nǐ shì yí gè jiǎo tà shí dì de rén
他的朋友评价他说："你是一个脚踏实地的人。"

喻义　比喻认真踏实，实事求是。

江郎才尽

nán běi cháo zhù míng de wén xué jiā jiāng yān nián qīng de shí hou jiā jìng shí fēn pín kùn jǐn
南北朝著名的文学家江淹，年轻的时候家境十分贫困。尽

guǎn tiáo jiàn jiān kǔ dàn jiāng yān réng rán fā fèn dú shū yīn cǐ xiě chū le xǔ duō hěn jīng cǎi de
管条件艰苦，但江淹仍然发愤读书。因此，写出了许多很精彩的

wén zhāng zhè xiē wén zhāng zài dāng shí huò dé jí gāo de píng jià
文章，这些文章在当时获得极高的评价。

kě shì dào le wǎn nián jiāng yān bú zài fā fèn dú shū tā de cái sī dà dà jiǎn tuì xiě
可是到了晚年，江淹不再发愤读书，他的才思大大减退，写

chū de wén zhāng hé cóng qián xiāng bǐ yě méi yǒu wén cǎi le rén men dōu yáo zhe tóu shuō jiāng láng
出的文章和从前相比也没有文采了。人们都摇着头说："江郎

cái jìn le
才尽了。"

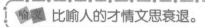 比喻人的才情文思衰退。

捷足先登

hàn gāo zǔ liú bāng chēng dì hòu wèi fáng hòu huàn shā le dà jiàng hán xìn hán xìn lín sǐ
汉高祖刘邦称帝后，为防后患，杀了大将韩信。韩信临死

qián shuō zhǐ hèn wǒ méi yǒu yòng kuǎi tōng de jì cè yú shì liú bāng jiù pài rén bǎ kuǎi tōng zhuā
前说："只恨我没有用蒯通的计策。"于是刘邦就派人把蒯通抓

lái yào bǎ tā zhǔ le kuǎi tōng biàn jiě dào qín shī tiān xià gè lù yīng xióng dōu zài zhēng zhú
来，要把他煮了。蒯通辩解道："秦失天下，各路英雄都在争逐，

zhǐ yǒu nà xiē xíng dòng xùn sù de rén cái huì huò dé zuì hòu de shèng lì hé nín zhēng duó tiān xià
只有那些行动迅速的人才会获得最后的胜利。和您争夺天下

de rén hěn duō nán bu chéng nǐ yào bǎ tā men dōu zhǔ le tīng le tā de huà liú bāng zhǐ dé
的人很多，难不成你要把他们都煮了？"听了他的话，刘邦只得

bǎ tā fàng le
把他放了。

 指行动敏捷或具备有利条件的人会先达到目的。

惊弓之鸟

《成语故事》简体全文拼音导读

gǔ shí hou　　yǒu yì zhī dà yàn jiào zhe fēi lái　　shè shǒu xiàng tiān kōng bān le　yí　xià gōng jiàn

古时候，有一只大雁叫着飞来，射手向天空扳了一下弓箭

de kōng xián　　tā　jiù yìng shēng diào le　xià lái　　yǒu rén wèn shè shǒu zhè shì zěn me huí shì　　shè shǒu

的空弦，它就应声掉了下来。有人问射手这是怎么回事，射手

shuō　　　zhè shì yì　zhī shòu guo jiàn shāng de dà yàn　　zhèng zài jīng huāng shī cuò de shí hou　　yì tīng

说："这是一只受过箭伤的大雁，正在惊慌失措的时候，一听

gōng xián xiǎng　　jiù shǐ jìn gāo fēi　　jié guǒ shāng kǒu pò liè　　jiù diào le xià lái

弓弦响，就使劲高飞，结果伤口破裂，就掉了下来。"

喻义　比喻曾经受过惊吓，即便有一点风吹草动也会十分害怕。

井底之蛙

yì tiān　yì zhī jǐng dǐ de qīng wā hū rán kàn jiàn jǐng kǒu shang chū xiàn yì zhī lái zì dōng hǎi
一天，一只井底的青蛙忽然看见井口上出现一只来自东海

de dà biē　yú shì biàn xián liáo qi lai　qīng wā xiàng tā kuā yào shēng huó zài jǐng dǐ shì rú hé xiāo
的大鳖，于是便闲聊起来。青蛙向它夸耀生活在井底是如何逍

yáo zì zài　dà biē xiǎng dào jǐng dǐ qù kàn yi kàn　kě shì tā jiǎo hái méi yǒu shēn jin qu jiù bèi
遥自在。大鳖想到井底去看一看，可是它脚还没有伸进去就被

jǐng kǒu qiǎ zhù le　tā yáo yao tóu wèn qīng wā　　nǐ jiàn guo dà hǎi ma　qīng wā lèng zhù le　tā
井口卡住了。它摇摇头问青蛙："你见过大海吗？"青蛙愣住了，它

lián tīng yě méi tīng shuō guo dà hǎi　yú shì dà biē jiù jiǎng qǐ le dà hǎi　qīng wā dèng dà le yǎn
连听也没听说过大海。于是大鳖就讲起了大海。青蛙瞪大了眼

jing　chī jīng de shuō bu chū huà lai
睛，吃惊得说不出话来。

 比喻盲目自大、见识短浅的人。

九牛一毛

hàn wǔ dì shí　hàn cháo míng jiàng lǐ líng bèi pò tóu xiáng xiōng nú hòu　sī mǎ qiān yīn tì lǐ
汉武帝时，汉朝名将李陵被迫投降匈奴后，司马迁因替李

líng biàn hù dé zuì le huáng dì　bèi chǔ yǐ　fǔ xíng
陵辩护得罪了皇帝，被处以"腐刑"。

tā běn xiǎng yì sǐ liǎo zhī　dàn hòu lái lěng jìng de xiǎng yi xiǎng　zhè yàng sǐ jiù xiàng cóng
他本想一死了之，但后来冷静地想一想，这样死就像从

jiǔ tiáo niú zhōng bá chū yì gēn máo lai　yí yàng wēi bù zú dào　bú dàn dé bú dào tóng qíng　ér qiě
九条牛中拔出一根毛来一样微不足道，不但得不到同情，而且

gèng huì rě rén chǐ xiào　yú shì　tā wán qiáng de huó le xià lái　xiě chéng le wěi dà de zhù zuò
更会惹人耻笑。于是，他顽强地活了下来，写成了伟大的著作

shǐ jì
《史记》。

比喻微不足道，不值一提。

居安思危

春秋时，郑国献给晋国一大批美女和奇珍异宝。晋悼公看到后非常高兴。大臣魏绛对晋悼公说："大王，晋国现在虽然很强大，令很多国家都感到畏惧，但我们绝对不能因此而大意。人在安全时，一定要想到未来可能会发生的危险，这样才会预先做好准备，以避免灾祸的发生。正所谓'居安思危'啊！"

释义 处于安全的情况，要想到可能出现的危险。

开诚布公

三国时，蜀汉的丞相诸葛亮深得皇帝刘备的信任。刘备临终前，把后主刘禅托付给他，请他帮助刘禅治理天下。诸葛亮尽心竭力地辅佐刘禅，无奈刘禅却是个庸碌无能的君主。

诸葛亮日理万机，后因为积劳成疾，病死在军中。后来，《三国志》的作者陈寿在为诸葛亮写的传中称赞他是"开诚心，布公道"。

 指坦白无私，真诚相见。

开卷有益

宋太宗统一全国后立志弘扬传统文化，整理各种古籍。他命人编辑了一部规模宏大的百科全书，叫《太平御览》。

他对这部书十分感兴趣，于是规定自己每天要读一些，一年内全部看完。

有人劝他不必太辛苦读这部书，应注意休息。太宗说："开卷有益，我并不把读书当做辛苦之事。"

 形容只要读书，就会有收益。

《成语故事》简体全文 拼音导读

刻舟求剑

zhàn guó shí　yǒu wèi chǔ guó rén zǒng shì suí shēn xié dài yì bǎ bǎo jiàn
战国时，有位楚国人总是随身携带一把宝剑。

yì tiān　tā chéng chuán guò jiāng　chuán xíng dào jiāng zhōng　bǎo jiàn bù xiǎo xīn luò dào le jiāng
一天，他乘船过江。船行到江中，宝剑不小心落到了江

li　zhǐ jiàn tā ná chū yì bǎ xiǎo dāo　zài jiàn diào xia qu de chuán xián shang kè le yí gè jì
里。只见他拿出一把小刀，在剑掉下去的船舷上刻了一个记

hao hái zì yán zì yǔ de shuō　jiàn shì cóng zhè er diào xia qu de　dào le àn biān　tā cái
号，还自言自语地说："剑是从这儿掉下去的！"到了岸边，他才

tuō xià yī fu　cóng tā suǒ kè jì hao de chuán xián biān tiào xià shuǐ qù zhǎo jiàn　ài　chuán yǐ jīng
脱下衣服，从他所刻记号的船舷边跳下水去找剑。唉！船已经

zǒu le zhè me yuǎn　ér shuǐ zhōng de jiàn shì bú huì zǒu de　tā zěn me néng zhǎo de dào ne
走了这么远，而水中的剑是不会走的，他怎么能找得到呢？

喻义　比喻不懂得事物的发展变化而仍静止地看问题。

两袖清风

明朝清官于谦在任河南、山西巡抚期间，有一次要进京办事。手下幕僚建议他买些土特产送给皇帝和朝中官员，于谦听了，甩了甩两只袖管，说："我只带两袖清风。"他还写了一首题为《入京》的诗。诗中写道："绢帕蘑菇与线香，本资民用反为殃。清风两袖朝天去，免得闾阎话短长。"于谦的为官之道和做人的态度得到后人的称赞，"两袖清风"成为后人津津乐道的典故。

 常常比喻官吏廉洁、清白。

量体裁衣

南北朝时，南齐有位叫张融的官员，他生活得十分俭朴。

有一次，齐太祖把自己曾经穿过的一件衣服赏赐给张融，并且亲自写了一道手诏："这件旧衣服已经叫裁缝按你的尺寸改好了，所以你穿上会很合适的。"

成语"量体裁衣"就是从齐太祖的诏书中演变而来的。

 比喻按实际情况办事。

洛阳纸贵

《成语故事》简体全文拼音导读

晋代著名文学家左思创作的《三都赋》一问世，便在洛阳轰动一时。据说左思作《三都赋》历经了许多波折，他闭门谢客构思十年。文章写出来后，便风行洛阳，由于当时还没有发明印刷术，喜爱《三都赋》的豪贵人家争相抄阅，洛阳的纸张一下子紧张起来，纸价也随着上涨。后来人们就用"洛阳纸贵"来形容有价值且流传广的好作品。

释义 形容著作享有盛誉，广为流行。

盲人摸象

有一天，有个人赶着一头大象走过来。四个盲人说："象是什么样子，咱们去摸一摸吧。"摸到了象身子的人说象就像一堵墙，摸到了象牙的说象像棍子，摸到了象腿的说象像柱子，摸到象尾巴的说象像粗绳子。四个盲人你争我辩。这时，赶象的人说："你们每个人摸到的只是象的一部分，只有摸遍象的全身，才能知道象是什么样子。"

喻义 比喻对事物只凭片面的了解或局部的经验，就胡乱猜测，做出全面的判断。

毛遂自荐

一次，赵国的平原君想从门客中挑选二十人前往楚国求援。有个叫毛遂的人主动要求一同前往，平原君答应了。

到了楚国，在说服楚王的关键时刻，毛遂按剑上前，向楚王说明了利害关系。楚王经过思考，觉得毛遂说得很有道理，最后答应联合抗秦。

 喻义 比喻自告奋勇，自己推荐自己担任某项工作。

门可罗雀

《成语故事》 简体全文 拼音导读

hàn cháo yǒu gè jiào zhái gōng de rén　　zài tā dāng guān shí　　jiā li zǒng shì bīn kè yíng mén
汉朝有个叫翟公的人。在他当官时,家里总是宾客盈门。

hòu lái　　tā bèi bà le guān　　tā jiā de mén qián dùn shí lěng lěng qīng qīng　　shèn zhì yǒu má què luò zài
后来,他被罢了官,他家的门前顿时冷冷清清,甚至有麻雀落在

mén qián　　bù jiǔ　　tā bèi guān fù yuán zhí　　yǐ qián de nà xiē kè rén yòu dōu shàng mén le　　tā
门前。不久,他被官复原职,以前的那些客人又都上门了。他

zǒng jié shuō　　yí guì yí jiàn　　jiāo qíng nǎi xiàn
总结说:"一贵一贱,交情乃见。"

喻义　形容门庭冷落,宾客稀少。

门庭若市

邹忌是战国时期齐国著名的政治家。有一次,他与城北徐公比美,自知不如徐公美,可是家人都说他美于徐公。

在一次上朝时,邹忌把家里发生的事对齐王说:"我在家尚且受此蒙蔽,更何况是坐拥天下的大王了!"齐威王听了这话很受启发,于是下旨:倡议百姓直言。

就这样,齐威王广开言路,逐渐使齐国富强起来。

喻义 形容人来得极多,非常热闹。

墨守陈规

有一回,楚国要攻打宋国,鲁班就为楚国设计了一种云梯。

墨子知道后说服楚王不再进攻宋国。

楚王和鲁班都想在实战中试试云梯的威力,于是墨子与鲁班较量起来,结果鲁班九次用不同的方法攻城,九次都被墨子挡住了。楚王看到没有把握取胜,便决定不攻打宋国了。

喻义 形容思想保守,守着老规矩不放。

弄巧成拙

《成语故事》简体全文 拼音导读

běi sòng shí yǒu rén qǐng huà jiā sūn zhī wēi huà yì fú jiǔ yào tú tā huà hǎo lún kuò yǐ
北宋时，有人请画家孙知微画一幅《九曜图》，他画好轮廓以

hòu yīn wèi yǒu shì biàn bǎ shàng sè de gōng zuò jiāo gěi xué sheng men xué sheng men fā xiàn tú zhōng
后，因为有事便把上色的工作交给学生们。学生们发现图中

tóng zǐ ná de shuǐ jīng píng shì kōng de biàn zài píng zhōng tiān shàng le huā sūn zhī wēi huí lái kàn
童子拿的水晶瓶是空的，便在瓶中添上了花。孙知微回来看

dào hòu qì huài le zhè shuǐ jīng píng nǎi shì yí jiàn fǎ bǎo píng zhōng bù yīng gāi yǒu shén me huā er
到后气坏了："这水晶瓶，乃是一件法宝，瓶中不应该有什么花儿

cǎo er de zhè fú huà ràng nǐ men gěi huǐ le
草儿的。这幅画让你们给毁了！"

喻义 本想耍聪明，结果做了蠢事。

抛砖引玉

常建和赵嘏都是唐朝时有名的诗人。

一次，常建听说赵嘏要到杭州灵隐寺游玩。于是，他提前来到了灵隐寺，在一面显眼的墙上写了一首诗的前两句。不出所料，赵嘏果然看到了墙壁上的两句诗，于是挥笔补上了后两句。赵嘏走后，常建看到了后两句诗，觉得真是妙笔生花。后来人们就说常建的前两句诗不过是"抛砖引玉"罢了。

喻义 比喻自己先发表不成熟、粗浅的意见或作品，目的是引出别人发表更好的意见或作品。

平易近人

西周武王的弟弟周公被封为鲁公，他没有去曲阜，而是让儿子伯禽前去治理。伯禽当了鲁公之后，自以为是，不尊重当地百姓的风俗习惯，还搞了一套烦琐的礼仪制度。姜子牙听了之后深有感慨地说："照这样下去，鲁地一定治理不好。把君臣礼仪搞得那么复杂，时间长了，人心就会远离他。若态度谦和一些，百姓就会归附他。"

喻义 指对人谦逊和蔼，使人容易接近。

破釜沉舟

公元前二百零八年，秦军大将章邯率军北上攻打赵国，赵军退到巨鹿。楚怀王派宋义、项羽率军救赵。但宋义畏惧秦军，迟迟按兵不动。此时军中粮草缺乏，士卒困顿，宋义仍饮酒自顾。项羽一怒之下杀死宋义，率军直逼巨鹿。为显示与秦军决一死战的决心，项羽命令：沉船、破釜、烧营房，只带三日粮。渡河后，经过九次激战，楚军大破秦军。

喻义 比喻下定决心，不顾一切干到底。

七步之才

cáo cāo sǐ hòu　cáo pī chēng dì　jiù jiè kǒu cáo zhí zài fù sāng qī jiān lǐ yí bú dàng bǎ
曹操死后，曹丕称帝，就借口曹植在父丧期间礼仪不当，把

tā ná xià wèn zuì　zài shěn wèn de shí hou　cáo pī ràng cáo zhí zài qī bù zhī nèi zuò shī yì shǒu
他拿下问罪。在审问的时候，曹丕让曹植在七步之内作诗一首，

fǒu zé jiù shì sǐ zuì　cáo zhí lüè wēi sī kǎo yí xià　biàn mài kāi jiǎo bù　zǒu yí bù yín yí jù
否则就是死罪。曹植略微思考一下，便迈开脚步，走一步吟一句。

hái méi zǒu mǎn qī bù　biàn zuò chéng yì shǒu shī　zhǔ dòu rán dòu qí　dòu zài fǔ zhōng qì　běn shì
还没走满七步，便作成一首诗：煮豆燃豆萁，豆在釜中泣。本是

tóng gēn shēng　xiāng jiān hé tài jí
同根生，相煎何太急。

cáo zhí de gù shi hěn kuài jiù chuán kāi le　rén men dōu chēng zàn tā yǒu　qī bù zhī cái
曹植的故事很快就传开了，人们都称赞他有"七步之才"。

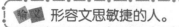 形容文思敏捷的人。

杞人忧天

chūn qiū shí qī　qǐ guó yǒu gè rén zhěng rì dān xīn yǒu yì tiān tiān huì tā xia lai　dì huì
春秋时期，杞国有个人整日担心有一天天会塌下来，地会

xiàn xia qu　zì jǐ huì wú chù ān shēn　tā shuì bu zháo jiào　chī bu xià fàn　rén men gào su tā
陷下去，自己会无处安身。他睡不着觉，吃不下饭。人们告诉他，

tiān shì bú huì tā xia lai de　tā yòu dān yōu tài yáng　yuè liang　xīng xing huì bú huì diào xia lai
天是不会塌下来的，他又担忧太阳、月亮、星星会不会掉下来。

rén men gào su tā　zhè yí qiè dōu shì bù kě néng de　tā cái fàng xīn
人们告诉他，这一切都是不可能的，他才放心。

 比喻毫无必要的缺乏根据的担心和忧虑。

41

千钧一发

xī hàn jǐng dì shí　wú wáng liú bì qǐ tú cuàn duó dì wèi　shǒu xià de méi chéng jué de
西汉景帝时，吴王刘濞企图篡夺帝位。手下的枚乘觉得

zhè yàng zuò tài wēi xiǎn　biàn xiě xìn quàn tā　xìn zhōng shuō　xiàn zài de xíng shì　jiù hǎo xiàng qiān jūn
这样做太危险，便写信劝他。信中说：现在的形势就好像千钧

de zhòng liàng jì zài yì gēn máo fà shang xuán guà zài　jí gāo de dì fang　xià miàn shì shēn bù kě cè
的重量系在一根毛发上悬挂在极高的地方，下面是深不可测

de shuǐ tán　dàn liú bì réng rán yí yì gū xíng　zuì zhōng fǎn pàn shī bài
的水潭。但刘濞仍然一意孤行，最终反叛失败。

喻义 比喻情势非常危急。

前功尽弃

战国时，秦国大将白起奉命率军进攻魏国都城大梁。魏国谋士苏厉去劝说周赧王，让赧王告诉白起："你已经立了很多功劳，万一现在打不下大梁，就会把你前面的功劳丢干净，还不如称病不去呢。"并举了楚国名将养由基百发百中的例子，白起没有理会苏厉的劝告，继续进行兼并战。

 喻义 以前取得的全部功劳都废弃或完全白费。

黔驴技穷

从前，有一头毛驴因暂时没有什么用处，就被放在山脚下。山中的老虎看见毛驴个子很高大，心里有些害怕。

有一天，毛驴突然大叫一声，老虎吓了一大跳。过了几天，毛驴的叫声老虎也听惯了。后来，老虎把毛驴惹怒了，毛驴就生气地踢老虎。这样一来，老虎反倒高兴了，心想：原来你就这点本事啊！于是，老虎跳起来猛扑过去，把毛驴咬死了。

 喻义 比喻徒有外表，没有真才实学，就连有限的一点本领也已经用完了。

曲高和寡

《成语故事》
简体全文
拼音导读

cóng qián   chǔ guó guó dū yǐng chéng   lái le yí gè huì chàng gē de rén   dāng tā kāi shǐ
从前，楚国国都郢城，来了一个会唱歌的人。当他开始

chàng   xià lǐ   bā rén   zhè xiē tōng sú liú xíng de qǔ zi shí   suí zhe tā yì qǐ chàng de
唱《下里》、《巴人》这些通俗流行的曲子时，随着他一起唱的

néng yǒu jǐ qiān rén   hòu lái   dāng tā chàng yáng ā   xiè lù   zhè yàng bǐ jiào wén yǎ de qǔ
能有几千人；后来，当他唱《阳阿》、《薤露》这样比较文雅的曲

zi shí   gēn tā yì qǐ chàng de zhǐ yǒu jǐ bǎi rén   ér dāng tā chàng   yáng chūn   bái xuě
子时，跟他一起唱的只有几百人；而当他唱《阳春》、《白雪》

zhè yàng gāo yǎ de qǔ zi shí   gēn tā yì qǐ chàng de bú guò jǐ gè rén le
这样高雅的曲子时，跟他一起唱的不过几个人了！

喻义 比喻言行卓越不凡，知音难得或作品高深，知之者甚少。

日暮途穷

春秋后期，楚平王把伍子胥的父兄杀害了。伍子胥为了报仇，帮助吴王阖闾登上王位，并建议进攻楚国。占领了楚国的都城后，他派人挖出楚平王的尸体来鞭尸。

申包胥知道后写信责备他。伍子胥读完信后，伤心地说："我就像一个旅人，天色已晚，路还很远，所以我才会做出这种违背常理的事！"

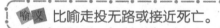 喻义 比喻走投无路或接近死亡。

如鱼得水

东汉末年，刘备得到了诸葛亮的辅佐以后，理解和领会了很多关于天下形势的问题，他与诸葛亮的关系迅速变得十分亲密。看到这般情况，关羽和张飞不服气，他们不时在刘备面前表现出不满的神色，刘备向他们解释说："我得了诸葛亮，好比鱼得到了水，希望你们能够明白，他是一位能够助我成就霸业的奇人。"

 喻义 比喻得到跟自己情意相投的人或很合适的环境，也指得到别人的帮助。

入木三分

xiāng chuán wáng xī zhī céng gěi cháo tíng xiě guo jì sì tiān dì shén míng qí qiú guó tài mín
相传王羲之曾给朝廷写过祭祀天地、神明，祈求国泰民

ān wǔ gǔ fēng dēng de zhù bǎn jìn chéng dì jí wèi hòu jiù mìng zhù bǎn gōng rén gēng huàn zhù
安、五谷丰登的"祝版"。晋成帝即位后，就命祝版工人更换祝

bǎn shang de tí cí shéi zhī gōng rén men zài nà kuài er mù bǎn shang xiāo le hǎo bàn tiān yě méi
版上的题词。谁知工人们在那块儿木板上削了好半天，也没

néng bǎ wáng xī zhī yuán lái de zì jì guā diào gōng rén men ná qǐ zhù bǎn zǐ xì yí kàn dōu dà
能把王羲之原来的字迹刮掉。工人们拿起祝版仔细一看，都大

chī yì jīng lián shēng zàn tàn yuán lái wáng xī zhī xiě de měi gè zì dōu rù mù sān fēn hǎo xiàng
吃一惊，连声赞叹。原来，王羲之写的每个字都入木三分，好像

dāo kè yì bān nǎ lǐ néng qīng yì guā chú de diào ne
刀刻一般，哪里能轻易刮除得掉呢？

喻义 现多比喻见解议论十分深刻。

塞翁失马

很久以前，边塞上有个老人丢了一匹马。别人安慰他时，他却说："怎么知道这不是福分呢？"

过了几天，这匹丢失的马带着一匹好马回来了。别人为他高兴，他却说："怎么知道这不是灾祸呢？"结果他的儿子后来骑马摔断了腿。老人又说："这不一定是坏事。"后来，他儿子因腿残而免于参战，平安地活了下来。

喻义 比喻即便暂时吃亏，也会得到好处。也常指坏事在一定条件下会转化为好事。

三思而行

春秋时，鲁国有个大夫叫季文子，为人一向慎重，说话做事素来谨慎，凡是都要"三思而行"，要多考虑后才决定做与不做，处理事务从没出过错。在鲁襄公五年，季文子不幸逝世。人们非常怀念他，并评价他说："季文子遇事总要反复深思熟虑，认为可以了，才开始行动。"

喻义 经过反复思考后再行动。比喻做事小心谨慎，不易出错。

《成语故事》简体全文拼音导读

杀鸡取卵

cóng qián yǒu yí gè rén　tā yǒu yì zhī lǎo mǔ jī　zhè zhī jī néng měi tiān xià yí gè jīn
从前有一个人，他有一只老母鸡，这只鸡能每天下一个金

dàn suǒ yǐ　tā shēng huó de hěn hǎo　kě shì tā tài tān xīn le　bù mǎn zú yì tiān yí gè jīn
蛋，所以，他生活得很好。可是他太贪心了，不满足一天一个金

dàn wèi le dé dào gèng duō de jīn dàn　tā jiù bǎ jī shā le　běn lái yǐ wéi kě yǐ dé dào suǒ
蛋。为了得到更多的金蛋，他就把鸡杀了，本来以为可以得到所

yǒu de jīn dàn　méi xiǎng dào　jī dù zi li quán shì wǔ gǔ zá liáng　yí gè jīn dàn yě méi yǒu
有的金蛋。没想到，鸡肚子里全是五谷杂粮，一个金蛋也没有。

比喻只顾眼前微小的好处而损害长远或根本的利益。

舍本逐末

战国时期，赵惠王之妻赵威后摄政时主张"民为本，君为末"。有一次，齐国使臣去探望赵威后，齐王的亲笔信还没打开，威后就问使者："齐国今年的收成不错吧？百姓们还安乐吗？"齐国的使者听了不解地问："您为何不先问齐王的情况呢？"威后说："如果没有百姓，又哪里有大王呢？哪有撇开根本而先询问枝节的呢？"

喻义 比喻做事不从根本着眼，而在枝节上下工夫。

事半功倍

战国的时候，有个大思想家叫孟子，他有很多的学生。

有一次，他和他的学生公孙丑谈论统一天下的问题。他们从周文王谈起，谈到施行仁政的好处。孟子最后说："今天，像齐国那样的大国，如能施行仁政，天下百姓必定十分喜欢，犹如替他们解除痛苦一般。所以，给百姓的恩惠只及古人的一半，而获得的效果必定能够加倍。"

喻义 做事得当，用力小而功效大。

守株待兔

gǔ shí hou sòng guó yǒu gè nóng fū zài xiū xi shí kàn jiàn yì zhī tù zi yì tóu zhuàng zài

古时候，宋国有个农夫在休息时看见一只兔子一头撞在

shù shang bù yí huì er jiù sǐ le nóng fū méi fèi chuī huī zhī lì jiù dé dào le yì zhī tù zi

树上，不一会儿就死了。农夫没费吹灰之力就得到了一只兔子，

gāo xìng jí le

高兴极了。

cóng cǐ tā měi tiān dūn zài shù lín li děng zài yǒu tù zi lái zhuàng sǐ zài shù shang kě

从此他每天蹲在树林里，等再有兔子来撞死在树上。可

shì zài yě méi yǒu děng lái yì zhī tù zi ér tā de tián dì yě huāng wú le

是再也没有等来一只兔子，而他的田地也荒芜了。

比喻死守狭隘的经验，不知变通。

50

水滴石穿

在宋朝的时候，湖北崇阳县有个县令名叫张乖崖。有一天，他看见一个管理钱库的库吏从钱库里出来，顺手拿了钱库一文钱装进了自己的口袋。他把那个库吏叫来查问，那个库吏以为这算不了什么。张乖崖要打他，他不服气。于是县令提笔在案卷上批道："一日一钱，千日千钱。绳锯木断，水滴石穿。"那个库吏还想狡辩，张乖崖一气之下就把库吏杀了。

 只要坚持不懈，力量虽小，看起来再大的困难也能克服。

水中捞月

一天晚上，几个猴子在玩耍时看到了河里的月亮影子，以为是月亮掉到河里了，就决定连在一起把月亮捞上来。当最底下的猴子刚要把"月亮"捧上来时，"月亮"就不见了。这时，最上面的猴子看到了天上的月亮，就喊道："你们快看，月亮在天上呢！"

 比喻根本办不到的事情，到头来是白费力气。

叹为观止

chūn qiū shí qī　　wú guó yǒu yí wèi míng jiào　jì zhá de xiàng guó　xián néng bó xué　yǒu yí
春秋时期，吴国有一位名叫季札的相国，贤能博学。有一

cì　　jì zhá fèng mìng fǎng wèn lǔ guó　　zài fǎng wèn qī jiān　　jì zhá yìng yāo xīn shǎng zhōu yuè hé wǔ
次，季札奉命访问鲁国。在访问期间，季札应邀欣赏周乐和舞

dǎo　dāng kàn wán biǎo yǎn yú shùn de gē wǔ　sháo　wǔ hòu　jì zhá dà shēng chēng zàn　　yú shùn
蹈。当看完表演虞舜的歌舞《韶》舞后，季札大声称赞："虞舜

de gōng dé zuì gāo a　　jiù xiàng wú yín de tiān kōng　méi yǒu shén me bú bèi tā fù gài　　jiù xiàng
的功德最高啊！就像无垠的天空，没有什么不被它覆盖；就像

guǎng kuò de dà dì　　méi yǒu shén me bú bèi tā yùn zài　　zài méi yǒu shén me gōng dé néng chāo guò
广阔的大地，没有什么不被它运载！再没有什么功德能超过

zhè bù gē wǔ suǒ biǎo xiàn chū lái de yú shùn de gōng dé le　　xīn shǎng jiù dào cǐ wéi zhǐ ba
这部歌舞所表现出来的虞舜的功德了。欣赏就到此为止吧！"

喻义　用来赞叹所见的事物尽善尽美。

同病相怜

春秋时，伍子胥的父亲和哥哥被楚平王杀害，他逃往吴国避难。不久，处境和伍子胥相同的伯嚭也投奔吴国。伍子胥向吴王推荐伯嚭为大夫，有人十分不解地问伍子胥："你怎么这样热心？"他回答："伯嚭和我命运相同，这叫'同病相怜，同忧相救'。"

 喻义 比喻有相同的不幸遭遇而互相同情、怜惜。

同甘共苦

战国时，燕昭王听从郭隗的建议，拜郭隗为师。消息传开后，许多有才能的人纷纷从其他国家来到燕国，为燕昭王效力。燕昭王很高兴，对这些人都委以重任，并且关怀备至。无论谁家有婚丧嫁娶等事，他都亲自过问。

就这样，他与百姓共同度过苦难的二十八年，终于把燕国治理得国富民强。

 喻义 比喻有福一起享，有困难一起承担。

退避三舍

春秋时期，晋国内乱，晋公子重耳逃到楚国，楚成王以上宾之礼相待。临走时，楚成王问重耳："你以后将如何报答我呢？"重耳回答说："如果将来我当了晋国国君，而两国打仗的话，我一定命令军队退避三舍作为回报。"后来，重耳成了晋文公。当晋楚发生战争的时候，他果然命令晋军后退了九十里。

喻义　向对方作出回避，不与对方争高下。

玩火自焚

chūn qiū shí　wèi zhuāng gōng de ér zi zhōu yū shā sǐ wèi huán gong　duó dé wáng wèi　yòu
春秋时，卫庄公的儿子州吁杀死卫桓公，夺得王位，又

lián hé sòng　chén　cài sān guó gōng dǎ zhèng guó　lǔ yǐn gōng wèn dà fū zhòng zhòng　zhōu yū jiāng
联合宋、陈、蔡三国攻打郑国。鲁隐公问大夫众仲："州吁将

huì zěn yàng　zhòng zhòng shuō　zhōu yū làn yòng wǔ lì　xiàng zài wán huǒ ér bù zhī shōu liǎn
会怎样？"众仲说："州吁滥用武力，像在玩火而不知收敛，

zǒng yǒu yì tiān huì bǎ zì jǐ shāo sǐ
总有一天会把自己烧死。"

hòu lái　zhōu yū guǒ rán bèi rén piàn dào chén guó shā sǐ le
后来，州吁果然被人骗到陈国杀死了。

喻义 玩弄火的人反而烧了自己。比喻做坏事的人最终自食恶果。

亡羊补牢

cóng qián　yí gè mù yáng rén jiā de yáng juàn pò le ge dòng　yáng bèi tōu zǒu le hǎo jǐ
从前，一个牧羊人家的羊圈破了个洞，羊被偷走了好几

zhī　lín jū quàn tā kuài diǎn er bǎ dòng bǔ shàng　kě mù yáng rén què shuō　yáng yǐ jīng diū le
只。邻居劝他快点儿把洞补上，可牧羊人却说："羊已经丢了，

zài bǔ yáng juàn hái yǒu shén me yòng
再补羊圈还有什么用？"

jǐ tiān hòu　mù yáng rén fā xiàn yáng yòu diū le jǐ zhī　hěn hòu huǐ méi yǒu tīng lín jū de
几天后，牧羊人发现羊又丢了几只，很后悔没有听邻居的

huà　zhè cái jí qǔ le jiào xun　bǎ yáng juàn chè dǐ de xiū hǎo le　cóng cǐ　tā zài yě méi yǒu
话，这才汲取了教训，把羊圈彻底地修好了。从此，他再也没有

diū guò yáng
丢过羊。

喻义 比喻在受到损失后，想办法补救，免得日后再受损失。

望梅止渴

有一年夏天，曹操率领部队去讨伐张绣，天气热得出奇，致使部队的行军速度也慢下来。曹操看了看前方的树林，沉思了一会儿，指着前方说："士兵们，我知道前面有一大片梅林，那里的梅子又大又好吃，我们快点赶路，绕过这个山丘就到梅林了！"士兵们一听，一下子就来了精神，曹操也就顺利地带领大军继续前进。

喻义　比喻借空想来安慰自己。

望洋兴叹

秋汛的季节到了，河水猛涨，河面变得异常宽阔，看到这种情景，河伯就自我陶醉起来。他顺着河水向东行，来到北海。只见一片辽阔的大海，却看不见水的边际。河伯转过脸来，仰望着海洋，向海神感慨地说："我曾听说有人认为孔子的学问不够渊博，伯夷的大义并非了不起，起初我不相信，现在看到您的浩瀚无边，才知道自己往日的见闻实在浅陋啊。"

喻义 比喻做一件事情，由于力量不够或缺乏条件而无可奈何。

卧薪尝胆

春秋时期，吴王夫差打败了越国后，投降了吴国的越王勾践便和妻子一起前往吴国。在经历了很多事情后，他终于得到了回国的允许。回国后，他睡觉就卧在柴薪之上，坐卧的地方挂着苦胆，表示不忘国耻。后来勾践重振旗鼓，终于打败了吴国。

喻义 比喻刻苦自励，发奋图强。

无可奈何

汉武帝不断对外进行战争，百姓生活非常艰苦，纷纷起义。朝廷急忙调动军队进行镇压，一下子杀了好几万人。可是起义军没有完全被消灭，没过多久，他们又占据山岭和水乡，重新起来造反。朝廷一点儿办法也没有。

喻义　毫无办法可想。

行云流水

有一年,诗人苏轼官职调动,由广东去内地。路过广州时,在当地做官的谢民师把平日写的诗文拿去向他请教,并提出疑问。两人相处时间虽然很短,却留下了深厚的情谊。

离开广州后,苏轼给谢民师写信,其中谈了他的文学主张:写文章不要做作,要像行云流水般的自然。

喻义 比喻飘洒自然,毫无拘执之态。

胸有成竹

北宋著名画家文与可画墨竹最为有名。他在自己的窗前种了许多青竹,平日里仔仔细细观察,他对竹子的特征了如指掌。因此,他在作画之前,早已对栩栩如生的竹子形象烂熟于胸。

艺术同行晁补之对他的墨竹这样评价:"与可画竹时,成竹已在胸。"

喻义 比喻做事之前已经有了一定的把握。

揠苗助长

cóng qián yǒu gè nóng fū　zāi le yì xiē hé miáo　tā dān xīn hé miáo zhǎng bù gāo jiù tiān tiān
从前有个农夫，栽了一些禾苗。他担心禾苗长不高就天天

dào tián biān qù kàn　jǐ tiān guò qù le　hé miáo yì diǎn er yě méi yǒu zhǎng gāo　yú shì nóng fū
到田边去看。几天过去了，禾苗一点儿也没有长高，于是农夫

xiǎng chū yí gè bàn fǎ　tā bǎ hé miáo yì kē yì kē dōu bá gāo le yì jié　dāng dì èr tiān nóng
想出一个办法，他把禾苗一棵一棵都拔高了一截。当第二天农

fū zài cì lái dào dì li de shí hou　yuán xiān lǜ yóu yóu de hé miáo quán dōu gān kū sǐ le
夫再次来到地里的时候，原先绿油油的禾苗全都干枯死了。

比喻违反事物的发展规律,急于求成,反而不能达到预期目的。

60

叶公好龙

chǔ guó yè xiàn yǒu gè tè bié xǐ huan lóng de rén　dà jiā dōu chēng tā　yè gōng　tiān
楚国叶县有个特别喜欢龙的人，大家都称他"叶公"。天

shang de zhēn lóng tīng shuō yǐ hòu　qīn zì xià lái tàn wàng yè gōng　kě shì yè gōng yí jiàn zhēn
上的真龙听说以后，亲自下来探望叶公。可是叶公一见真

lóng　jìng rán xià de zhuǎn shēn pǎo diào　yuán lái　yè gōng bìng fēi zhēn de xǐ huan lóng　ér shì xǐ
龙，竟然吓得转身跑掉。原来，叶公并非真的喜欢龙，而是喜

huan xiàng lóng ér bú shì lóng de dōng xi
欢像龙而不是龙的东西。

 比喻名义上爱上某种事物，实际上并不理解或需要它。

夜郎自大

xī hàn shí　yǒu gè yè láng guó miàn jī hěn xiǎo　jǐn jǐn xiāng dāng yú hàn cháo de　yí gè
西汉时，有个夜郎国面积很小，仅仅相当于汉朝的一个

xiàn　dàn guó wáng què rèn wéi zì jǐ de guó tǔ hěn dà　yǒu yí cì　hàn cháo shǐ zhě lái fǎng　tā
县，但国王却认为自己的国土很大。有一次，汉朝使者来访，他

biàn wèn shǐ zhě　hàn cháo de lǐng tǔ hé wǒ men yè láng xiāng bǐ　nǎ ge dà　hàn cháo shǐ zhě
便问使者："汉朝的领土和我们夜郎相比，哪个大？"汉朝使者

tīng le　bù zhī dào gāi zěn me huí dá tā cái hǎo
听了，不知道该怎么回答他才好。

 比喻妄自尊大。

《成语故事》简体全文拼音导读

一举两得

chūn qiū shí　　yǒu wèi biàn zhuāng zǐ zài lín zhōng dǎ liè　　pèng jiàn liǎng zhī lǎo hǔ zài chī yì
春秋时，有位卞庄子在林中打猎，碰见两只老虎在吃一

tóu yě zhū　　biàn xiǎng qù cì shā tā men　　tóng bàn quàn tā　　děng lǎo hǔ zhēng dòu de yì sǐ yì
头野猪，便想去刺杀它们。同伴劝他，等老虎争斗得一死一

shāng shí zài qù shā　　jiù néng yì jǔ liǎng dé　　tā tīng cóng le tóng bàn de jiàn yì　　hòu lái　　guǒ rán
伤时再去杀，就能一举两得。他听从了同伴的建议。后来，果然

liǎng hǔ xiāng dòu　　yì sǐ yì shāng　　yú shì biàn zhuāng zǐ jiù shàng qián qīng sōng de cì sǐ le nà
两虎相斗，一死一伤。于是卞庄子就上前轻松地刺死了那

zhī shòu shāng de lǎo hǔ
只受伤的老虎。

喻义　比喻只做一件事却可以得到两方面的好处。

62

一鸣惊人

齐威王执政之初，不理国事，沉湎于饮酒作乐，国家危在旦夕。一天，一个叫淳于髡的人来见齐威王，说："王宫院里有一只大鸟，三年不飞不叫，这是什么鸟呀？"齐威王说："这鸟不飞则已，一飞冲天；不叫则已，一叫惊人。"从此，齐威王整顿国政，带兵伐敌。他的声威立刻四海皆知。

 喻义 比喻突然做出了成绩或说出某些话语，使人震惊。

一诺千金

西汉初年有一个叫季布的人，非常讲信义。他很讨厌一个叫曹丘生的人，而曹丘生却对他说："人们都说：'得黄金百两，不如得季布一诺'。您和我都是楚人，如今我在各处宣扬您的好名声，这难道不好吗？"季布听了，觉得曹丘生说得很有道理，就热情地款待了他。

 喻义 比喻说话算数，极有信用。

以卵击石

gǔ dài yǒu wèi sī xiǎng jiā jiào mò dí yì tiān yǒu gè suàn mìng de rén duì tā shuō jīn
古代有位思想家叫墨翟。一天，有个算命的人对他说："今

tiān chū mén bù jí lì mò dí lǐ zhí qì zhuàng de shuō nǐ de huà shì mí xìn wǒ shuō de
天出门不吉利。"墨翟理直气壮地说："你的话是迷信，我说的

shì zhēn lǐ nǐ tóng wǒ biàn lùn jiù hǎo bǐ yòng jī dàn lái tóu jī shí tou nǐ yòng tiān xià suǒ yǒu
是真理。你同我辩论，就好比用鸡蛋来投击石头，你用天下所有

de dàn lái tóu jī wǒ yě bú huì yǒu sǔn shāng
的蛋来投击，我也不会有损伤。"

喻义 拿鸡蛋碰石头。比喻自不量力，自取灭亡。

以貌取人

zǐ yǔ hé zǎi yǔ dōu bài kǒng zǐ wéi shī　yóu yú zǐ yǔ zhǎng de hěn nán kàn　kǒng zǐ rèn
子羽和宰予都拜孔子为师。由于子羽长得很难看,孔子认

wéi tā jiāng lái yě bú huì yǒu chū xi　ér zǎi yǔ zhèng hǎo xiāng fǎn　hòu lái　zǐ yǔ tuì xué dú
为他将来也不会有出息,而宰予正好相反。后来,子羽退学,独

zì qù zuān yán xué wen　zuì hòu zhōng yú chéng wéi le　yí wèi zhù míng de xué zhě　ér zǎi yǔ xìng
自去钻研学问,最后终于成为了一位著名的学者。而宰予性

qíng lǎn duò　zuì hòu kào zhe zì jǐ de kǒu cái　zài qí guó zuò le guān　kě shì　méi guò duō jiǔ
情懒惰,最后靠着自己的口才,在齐国做了官。可是,没过多久,

jiù yīn hé bié ren yì qǐ zuò luàn　bèi qí wáng chǔ sǐ le
就因和别人一起作乱,被齐王处死了。

 根据外表来判断人的优劣或决定对待的态度。

易如反掌

zhàn guó shí qī dà sī xiǎng jiā mèng zǐ zhǔ zhāng tuī xíng　rén zhèng　　wáng dào　　yǒu yí
战国时期大思想家孟子主张推行"仁政"、"王道",有一

cì gōng sūn chǒu wèn mèng zǐ　　guǎn zhòng shǐ qí huán gōng chēng bà tiān xià　yàn yīng lìng qí jǐng gōng
次公孙丑问孟子:"管仲使齐桓公称霸天下,晏婴令齐景公

míng yáng sì hǎi　zhí dé xué xí　rú guǒ nín zài qí guó zhí zhèng　néng xiàng guǎn zhòng　yàn yīng yí
名扬四海,值得学习。如果您在齐国执政,能像管仲、晏婴一

yàng chéng jiù wěi yè ma　mèng zǐ shuō　qí guó dì dà rén duō　tuī xíng wáng dào tǒng yī tiān xià
样成就伟业吗?"孟子说:"齐国地大人多,推行王道统一天下

jiù xiàng fān shǒu zhǎng yí yàng róng yì
就像翻手掌一样容易。"

 比喻事情不费力气,很容易就能成功。

65

迎刃而解

jìn cháo shí   dà jiāng jūn dù yù shuài jūn gōng dǎ wú guó   gōng zhàn le   xǔ duō chéng chí   zhè
晋朝时，大将军杜预率军攻打吴国，攻占了许多城池。这

shí   yǒu rén tí chū yīng gāi shōu bīng le   dàn dù yù shuō   dǎ zhàng jiù gēn yòng dāo pò kāi zhú zi
时，有人提出应该收兵了，但杜预说："打仗就跟用刀破开竹子

yí yàng   zhǐ yào kāi le tóu   pò le jié   xià miàn de shì qing jiù huì yíng rèn ér jiě le   jìn wǔ
一样，只要开了头，破了节，下面的事情就会迎刃而解了。"晋武

dì tīng cóng le dù yù de yì jiàn   guǒ rán   dù yù bù jiǔ biàn miè le wú guó
帝听从了杜预的意见。果然，杜预不久便灭了吴国。

喻义 比喻解决了关键问题之后，其他问题就轻而易举了。

有备无患

春秋时期，各诸侯国间战事不断。晋国曾经非常强大，晋国国君也做了多国的盟主。晋大夫魏绛对国君说："希望您在享乐的同时，也要想到国家将会碰到的困难和危险，并做好如何应对的准备，这样才能避免大的祸患。"晋国国君听取了魏绛的忠告。

喻义 事先有准备，就可以避免出问题。

愚公移山

愚公一家住在山里，出门很不方便，于是愚公和家人决定把山铲平。有人劝愚公："你都一把年纪了，能运多少泥土？"愚公答道："我是运不了多少泥土，可我还有子孙，总有一天会把山铲平的。"

后来，被愚公的虔诚感动了的天神帮助他把山移走了。

喻义 比喻有克服困难的决心和坚定不移的毅力。

缘木求鱼

孟子曾做过齐宣王的客卿，有一次，孟子问齐宣王："大王为什么总是动员全国的军队攻打其他国家呢？"齐宣王说："这么做，不过是为了满足我最大的欲望罢了。""那大王最大的欲望到底是什么呢？"孟子问。齐宣王笑了笑，没有回答。

孟子仍不断追问，才了解到齐宣王的最大欲望是征服天下。

孟子说："如果用您的方法去满足您的欲望，就好比爬到树上去捉鱼一样，那肯定是徒劳。"

喻义 比喻做事方法不对，是绝不会达到目的的。

朝三暮四

sòng guó yǒu gè rén yǎng le yí dà qún hóu zi shí jiān cháng le tā mō tòu le hóu zi men
宋国有个人养了一大群猴子，时间长了，他摸透了猴子们

de xīn lǐ yí cì tā duì hóu zi men shuō xiàn zài liáng shi bú gòu chī le yǐ hòu zǎo chen gěi
的心理。一次，他对猴子们说："现在粮食不够吃了，以后早晨给

nǐ men sān kē xiàng zi wǎn shang sì kē hóu zi men tīng le hěn shēng qì tā lián máng gǎi kǒu
你们三颗橡子，晚上四颗。"猴子们听了很生气。他连忙改口

shuō nà me zǎo shang sì kē wǎn shang sān kē gòu le ba hóu zi yì tīng zǎo chen kě yǐ
说："那么早上四颗，晚上三颗，够了吧？"猴子一听早晨可以

chī sì kē xiàng zi yǐ wéi zēng jiā le kǒu liáng jiù tóng yì le
吃四颗橡子，以为增加了口粮，就同意了。

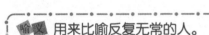 用来比喻反复无常的人。

郑人买履

yǒu yí gè zhèng guó rén xiǎng mǎi yì shuāng xié jiù xiān zài jiā lǐ ná gēn shéng zǐ liáng
有一个郑国人想买一双鞋，就先在家里拿根绳子量

hǎo jiǎo de chǐ cùn rán hòu shàng jiē mǎi xié jié guǒ dào le hòu fā xiàn liáng hǎo jiù xié chǐ cùn
好脚的尺寸，然后上街买鞋，结果到了后发现量好旧鞋尺寸

de xiǎo shéng bú jiàn le biàn huí jiā qù qǔ děng tā zài gǎn huí xié pù shí xié pù yǐ jīng
的小绳不见了，便回家去取。等他再赶回鞋铺时，鞋铺已经

guān mén le jǐ gè lù rén bù jiě de wèn yòng jiǎo shì yí xià bú jiù zhī dào xié zi hé
关门了。几个路人不解地问："用脚试一下，不就知道鞋子合

bù hé shì le ma zhèng rén què shuō jiǎo shì bù kě kào de liáng de chǐ mǎ cái shì zuì
不合适了吗？"郑人却说："脚是不可靠的，量的尺码才是最

zhǔn de
准的。"

 比喻只相信书本，不相信客观实际的教条主义。

《成语故事》简体全文拼音导读

指鹿为马

秦朝时，丞相赵高阴谋作乱，他怕到时候大臣们不服，就先测验一下：他牵了一头鹿到秦二世处，说送一匹马给皇帝。秦二世笑道："丞相错了，把鹿说成了马。"然后他问旁边的官员。有的人不说话，有的人说是鹿，有的人说是马。后来，凡是说鹿的人都遭到了赵高的暗算。

喻义　比喻故意混淆是非，颠倒黑白。

小笨熊 与你一起演绎经典人生

国学经典著作在中国传统教育中一直占据不可替代的位置，千百年来为一代代莘莘学子的成长之路指明了方向，用正统理念培育出了一批批有为之士。为此，我们精心打造了这套大国学系列，针对儿童阅读爱好，编排了《弟子规》、《三字经》、《千字文》、《二十四孝》、《论语》、《百家姓》、《笠翁对韵》、《增广贤文》、《唐诗》、《成语故事》等内容。

本套书最大特点是，承载原文历史知识的**丰富性**，运用**简明活泼**的语言进行解析。既让小朋友感受到文化经典的**深厚底蕴**，又让小朋友在轻松明快的氛围中学到传统国学的**精髓**。

我们希望与广大小读者们一同快乐成长，把我们最经典时尚的作品献给小朋友们，也希望小朋友们通过我们的图书，在掌握知识的基础上，演绎自己经典的童年故事，展望未来的美好人生。

图书在版编目(CIP)数据

成语故事／崔钟雷主编.—延吉：延边教育出版
社，2010.12
　（蒙学经典读本）
　ISBN 978-7-5437-9180-0

Ⅰ．①成…　Ⅱ．①崔…　Ⅲ．①汉语－成语－故事－儿
童读物　Ⅳ．①H136.3-49

中国版本图书馆 CIP 数据核字（2010）第 229092 号

蒙学经典读本

书　　名：**成语故事**

策　　划：钟　雷

主　　编：崔钟雷

副 主 编：王丽萍　李立冲　武立旻

责任编辑：沈爱华

装帧设计：稻草人工作室

出版发行：延边教育出版社（吉林省延吉市友谊路 363 号　　邮编：133000）

网　　址：http://www.ybep.com.cn　　　　电　　话：0433-2913940

　　　　　http://www.tywhcc.com　　　　　　　　　　0451-55174988

客服电话：010-82608550　82608377

印　　刷：小森印刷（北京）有限公司　　印　张：4.5

开　　本：889 毫米×1194 毫米　1/16　　字　数：90 千字

版　　次：2010 年 12 月第 1 版　　　　　书　号：ISBN 978-7-5437-9180-0

印　　次：2010 年 12 月第 1 次印刷　　　定　价：10.00 元